La peur de ma vie

Illustration de couverture :
Stan&Vince

Marie-Aude Murail

La peur de ma vie

BAYARD JEUNESSE

3, rue Bayard, 75008 Paris
ISBN : 2 227 723 807
Dépôt légal : avril 2000

Loi 49956 du 16 juillet 1949 sur les publications destinées à la jeunesse

Chapitre 1

Qu'est-ce qui nous fait peur ?

Quand Mme Fisher, notre prof de français, met sa veste rouge, c'est qu'elle est dans un grand jour.

– Qu'est-ce qu'elle va encore nous sortir ! a soupiré Maxime, qui est mon voisin en classe.

Elle a posé son cartable sur le bureau, elle a installé toutes ses petites affaires d'un air appliqué. Puis elle nous a regardés, les yeux brillants. Des fois, on croirait que ça lui plaît d'être prof. Nous, à 8 h 30, on roupillait plus ou moins.

Mme Fisher a commencé :

– J'ai pensé à vous, ce week-end !

– Aïe, aïe, aïe, a gémi Maxime.

Je lui ai donné un coup de coude parce qu'il nous fait toujours repérer. Quand on se tient mal, Mme Fisher nous met un moins. Quand on a deux moins, ça enlève un point sur la moyenne, sauf si on a eu un plus en contrôle, ça n'enlève qu'un demi-point. Mme Fisher a un carnet où elle note les moins au feutre noir, les plus au feutre rouge. Ça m'a fait penser au *James Bond* de la veille parce que le méchant faisait des croix sur un carnet à chaque cadavre. J'espérais qu'Alexandre, mon meilleur copain, aurait aussi regardé *James Bond*

parce que, comme ça, on pourrait se le raconter à la cantine. « Eh, tu te rappelles quand le type sort de sa bagnole en feu et il prend son flingue, tatatata ! »
« Ouais, mais la voiture, vlaoum ! »
Quand on n'a pas vu le film, on ne comprend pas bien.
– Ce que je veux, a dit alors Mme Fisher, c'est vous initier à l'art du récit. Tout d'abord, il faut faire comprendre l'action. Ensuite, il faut faire ressentir au lecteur les émotions des personnages.
Je me suis penché vers Maxime :
– C'est de quoi qu'elle cause ?
Maxime a grimacé :
– Elle veut qu'on *écrit* un roman.
J'ai pensé : « Il faudrait déjà que tu saches conjuguer un verbe », mais je n'ai rien dit parce que Maxime se vexe facilement et alors, vlan ! dans les dents.

– L'action, continuait Mme Fisher, ce n'est pas comme dans les bandes dessinées : « Vlatch, outch, paw ! » On doit trouver des mots, pas des onomatopées.
Tout le monde s'est mis à rigoler en faisant des « arggh, splash, wizz ! ». Mme Fisher a trouvé ça amusant au début, puis elle a tapé sur son bureau :
– Taisez-vous ! Alexandre, un moins !
Alors elle nous a fait tout un baratin sur le comique, le suspense et plein de trucs qu'elle appelait des « ingrédients ». Elle a fait des colonnes au tableau :

FRISSONS	QUOTIDIEN	SENTIMENTS

et elle nous a dit de choisir notre « registre ».
– Mais c'est quoi, ce bin's ? gémissait Maxime en se tirant les cheveux.
Heureusement, Mme Fisher a ajouté qu'on allait se mettre en équipe pour travailler.

– Ouais, génial ! s'est exclamé Maxime. Hé, Fred, Fred, t'es avec nous ?
Maxime n'aime pas beaucoup Frédéric, mais Fred est le premier de la classe. Alexandre s'est tourné vers moi et m'a fait un clin d'œil. Nous deux, on se comprend avec presque rien. On n'a pas besoin d'ingrédients.
– Ne criez pas, ne criez pas ! criait Mme Fisher. Maxime, un moins !
Juste avant la sonnerie, notre prof a eu le temps de noter les équipes. Maxime, Frédéric, Alexandre et moi, on travaillerait ensemble.
– Ne sortez pas déjà ! hurlait Mme Fisher. Je n'ai pas fini de... Maxime, rassieds-toi. Serge, un moins !
Ça m'aurait étonné que je ne m'en paie pas un.

– Écrire un roman ! s'est exclamée maman, au dîner. Mais c'est sympa comme tout. Elle est vraiment bien, cette prof.

Papa a approuvé de la tête. Mme Fisher a la cote chez les parents.

– Et tu as des idées ? m'a demandé Jérôme, mon frère aîné.

– Ben, on a choisi le registre FRISSONS avec les ingrédients HUMOUR et HORREUR.

Mon frère a fait des yeux de veau :

– Ça veut dire quoi ?

J'ai meuglé :

– Ça veut dire qu'on a Mme Fisher comme prof et qu'on comprend rien à ce qu'elle raconte !

Après, je me suis calmé et, en discutant avec maman, je me suis aperçu que j'avais plein d'idées. J'avais même hâte d'en parler avec mon copain Alexandre.

Le lendemain, quand on s'est retrouvés devant la porte du collège, on s'est tous mis à parler du roman.
– J'ai pensé à une histoire... C'est des jeunes, des jeunes plus vieux que nous, tu vois, et ils seraient à la campagne, dans un genre de maison abandonnée, sinistre et tout...
– Ouais, mais non, ça serait une société secrète et ils auraient hypnotisé des gens qui seraient leurs esclaves-tueurs...
– Et alors, dans la maison abandonnée, il y aurait un escalier qui grincerait à minuit comme si quelqu'un marchait dessus, tu vois ?
Chacun racontait son histoire et personne n'écoutait rien.
– Arrêtez, arrêtez ! a dit Frédéric. Ce n'est pas comme ça qu'il faut procéder.
– Procédé toi-même ! a grogné Maxime, qui n'aime pas les grands mots.

– Mme Fisher nous a dit qu'il fallait se demander ce qui NOUS faisait peur, nous a rappelé Frédéric. Si on a peur, mettons, des araignées...
– T'as peur des araignées ? s'est moqué Maxime. Ah, le cador !
– Mais t'es nul ! a crié Alexandre. Fred te donne un exemple. Tu sais pas ce que c'est, un exemple ?
– Si, je sais, a répondu Max. Même que ta « reum », c'est pas un exemple pour la jeunesse.
Alexandre m'a regardé, complètement scié :
– Mais pourquoi il traite ma mère ? Il est pas bien, ce mec !
À ce moment-là, j'ai compris que le travail individuel, finalement, c'est plus facile que le travail en équipe.
Mme Fisher avait toujours le moral et la veste rouge. Elle a décidé qu'on allait mettre nos tables en rond pour pouvoir

discuter entre nous. On a fait un maximum de bruit en tirant les tables et en faisant tomber les chaises. Au bout d'un moment, la prof de musique est entrée et elle s'est excusée parce qu'elle avait cru « qu'il n'y avait personne pour surveiller les élèves ». Mme Fisher a rougi et on a tous eu un moins. Je vais finir par en faire la collection.

– Dans chaque groupe, nous a expliqué la prof, il faut qu'il y ait un rapporteur qui note les idées de tout le monde par écrit.

Maxime a tout de suite désigné Frédéric en lui tapant sur l'épaule :

– Lui, lui !

– Surtout, a ajouté Mme Fisher, vous gardez bien en tête la consigne : « Je réponds à la question : qu'est-ce qui me fait peur ou qu'est-ce qui me fait rire ? »

On était assis tous les quatre en cercle et Alexandre a chuchoté :

– Moi, c’est les morts vivants.
Nos têtes se sont rapprochées.
– Quoi, les morts-vivants ?
– Ça me fout les boules, a dit Alexandre. J’ai vu ça dans un film. La nuit tombe et ils sortent de leur cercueil avec de la terre sur la figure, les lèvres toutes noires et des joues creuses comme s’ils auraient pas mangé depuis cent ans.
(Alex a aussi des problèmes avec les conjugaisons.)
– Attends, attends, pas si vite, a gémi Frédéric en train de tout noter.
– Mais c’est nul, ça ! a couiné Maxime. Dracula dans sa draculamobile qui vient sucer le sang des tits zenfants ! Ragggh...
Il a fait mine d’être pris à la gorge par un vampire et d’étouffer. On l’a tous bourré de coups sous la table et dans les côtes pour qu’il arrête. Tout d’un coup, Frédéric a dit :

– Moi, ce qui me fait peur, c'est d'être éternel.

Maxime allait encore se moquer de lui, mais Fred a continué :

– Si Dieu existe, il paraît qu'il nous ressuscite après la mort.

Maxime a fait la grimace :

– C'est au catéchisme, ça.

– Ouais, mais c'est peut-être vrai, a repris Fred. Si tu ressuscites, après, tu es éternel. Tu vis, tu vis, ça ne s'arrête plus. Essaie d'y penser. Tu vis, mais qu'est-ce qui se passe après ? Rien, tu vis, tu vis...

J'ai compris ce que voulait dire Frédéric. L'éternité, c'est comme de tomber dans un puits qui n'aurait pas de fond.

Un éclat de rire m'a fait sursauter. C'était un groupe de filles à côté de nous. Elles avaient choisi le registre SENTIMENTS et elles avaient l'air de bien s'amuser.

– Moi, j'ai un frère, a chuchoté Alexandre. Une fois, il a fait tourner les tables avec ses copains.
– Pour parler avec les esprits ? a murmuré Frédéric.
On a tous trouvé que c'était un bon sujet et Frédéric a écrit :
« Des jeunes dans une maison de campagne. Ils s'ennuient parce qu'il pleut. Un soir, ils décident de faire du spiritisme. »
J'ai demandé à Alexandre :
– Et ça a marché avec ton frère ? La table s'est mise à bouger ?
– Il n'a jamais voulu me le dire et il m'a interdit d'en reparler. Je crois qu'il a eu la peur de sa vie.
Max s'est mis à ricaner :
– On devrait essayer, nous aussi. N'oubliez pas la consigne : qu'est-ce qui NOUS fait peur ?

Chapitre 2

Hannibal von Pompon

D'abord, il a fallu trouver l'endroit pour la séance de spiritisme. Chez moi, c'était impossible. J'ai toujours mon frère sur le dos. Maxime vit dans une loge de concierge à peu près grande comme un timbre-poste. Alexandre a une mère qui rentre dans sa chambre sans frapper et qui fouille dans ses affaires

« pour voir s'il a du linge de sale ». Restait Frédéric.

– Chez moi, c'est cool. Mes parents sortent tout le temps, et la fille au pair n'a qu'une idée : s'enfermer dans sa piaule pour téléphoner à son petit copain. Si on fait ça un samedi soir, on aura tout l'appart' pour nous.

Malheureusement, mes parents savent que Frédéric n'est pas « surveillé ». Je leur ai donc raconté que j'allais passer la nuit du 22 chez mon copain Alexandre et qu'on réfléchirait à notre roman.

– Tu ne m'as pas dit que tu faisais équipe avec Maxime ? m'a demandé maman, le ton méfiant.

– Non, non, c'est avec Frédéric.

Mes parents ne veulent plus que je fréquente Maxime. Je ne vois pas ce qu'ils lui reprochent. C'est peut-être parce qu'une fois, il s'est fait pincer en train de voler des Treets à Suma ; et aussi il est passé en conseil de discipline parce qu'il a pris le sujet d'un contrôle d'anglais dans la sacoche du prof ; et une autre fois, dans une boum, il a décroché une jardinière d'un balcon, et ça a failli tuer la gardienne...

– Tu es sûr qu'il ne sera pas là ? a insisté maman.

J'ai fait semblant de m'énerver :

– Mais non, je te dis ! Il est dans l'équipe de Juliette !

– Dans ce cas, c'est d'accord, a conclu maman.

Maintenant, quand je mens, ça ne s'entend plus du tout.

– Il nous faut un guéridon, nous a dit Frédéric, le jeudi suivant.

Il avait emprunté un livre à la bibliothèque :

Le spiritisme en questions. Il nous a expliqué :
– Un guéridon, c'est une table ronde à trois pieds.
– Il te faut pas un mouton à cinq pattes aussi ? a ricané Maxime.
– Si tu n'as que des conneries à sortir, ne te crois pas obligé d'intervenir, a répliqué Frédéric.
C'est sa manière de parler. Spécial. Maxime lui a crié : « Tu le veux ? » en lui mettant son poing sous le nez. Au même moment, j'ai eu la révélation de ma vie :
– Eh, les mecs, j'ai un guéridon chez moi ! C'est une table dans l'entrée où maman met des plantes vertes.
– Tu pourras la prendre pour le 22 ? m'a demandé Frédéric comme s'il s'agissait d'une cassette des Queen.
J'ai protesté :

– Non, mais tu me vois, avec le guéridon sous le bras : « Au revoir, maman, salut, papa ! »

Avant qu'on rentre en cours, Frédéric nous a expliqué que la méthode la plus simple pour parler avec les esprits, c'était celle du verre à pied. On dispose en cercle sur le guéridon des carrés de papier avec les lettres de l'alphabet, les mots « oui » et « non », et les chiffres de 0 à 9. On met un verre à pied retourné au milieu du cercle puis tout le monde tend l'index vers le verre pour l'effleurer. Et on attend que le fluide agisse.

Une fois en classe, j'ai demandé à Maxime tout bas :

– On attend quoi, à ton avis ?

– Ben, le message. Le verre va vers une lettre, une autre, et à la fin, ça donne un message.

J'ai murmuré :
– *Le message de l'au-delà,* c'est bien comme titre, non ?
Mais Mme Fisher avait remis sa veste bleu marine. Ce n'était pas le jour du roman. On avait grammaire. J'ai essayé d'écouter par moments, mais je faisais des plans dans ma tête pour emporter le guéridon de la maison. Sur mon cahier, j'ai écrit : *Le mystère du guéridon volant. Mais où est donc le guéridon ?* Puis j'ai commencé le roman : *« Dans la pénombre de la pièce, on entendit soudain un léger glissement. Le verre se déplaçait. Il s'immobilisa sur la lettre H. »*

À la récréation, j'ai raconté le début de l'histoire aux copains :
– L'esprit, ça serait Hannibal. C'est un genre de général qui a mis la pâtée aux

Romains en les écrasant sous les pattes de ses éléphants.
– Mais c'est nul, ça ! a fait Maxime.
Je me suis tourné vers mon copain Alexandre en pensant qu'il allait me soutenir.
– Tu ne vas pas tout décider tout seul, m'a dit Alex. Moi, je voudrais plutôt l'esprit d'un criminel nazi qui n'a pas pu trouver le repos éternel parce qu'il sait où est le trésor de guerre d'Hitler.
J'ai écarquillé les yeux : où est-ce qu'il est allé chercher une idée pareille ?
– Et pendant la séance de spiritisme, il voudrait dire aux jeunes où se trouve le trésor, a enchaîné Frédéric.
– Ah ouais ! s'est excité Maxime. Mais dans la bande, il y aurait un fasciste qui voudrait trouver le magot avant les autres.
– Ce serait pour refaire le troisième Reich avec la bombe atomique ! a crié Alexandre.

Au secours, ils sont fous ! Je n'en veux pas de leur histoire. D'abord, c'est MON guéridon.
– Pleure pas, m'a dit Maxime, on l'appellera quand même Hannibal, le nazi. Hannibal von Pompon, ça te va ?
J'ai haussé les épaules en grommelant :
– N'importe quoi.
Ils étaient écroulés de rire, tous les trois.

Je suis rentré tout seul à la maison parce qu'ils m'énervaient à m'appeler « Hannibal ». J'avais décidé que j'écrirais mon roman sans eux et je suis passé à la bibliothèque pour prendre un livre sur le spiritisme. J'en ai trouvé un : *Dix histoires de tables tournantes* et je me suis couché de bonne heure pour le lire.
La première histoire, c'était celle d'un médium qui faisait tourner les tables chez

les bons bourgeois pour qu'ils aient peur. Quand il arrivait, on allumait des bougies. Le médium appelait son « correspondant » dans l'au-delà, un esprit qui s'appelait Andrea da Ribeira et qui tapait dans la table. Un coup, A, deux coups, B... Au cours d'une séance, le médium est tombé amoureux de sa voisine en lui prenant la main dans le noir et il l'a épousée. Quelque temps après son mariage, le médium a été invité à une nouvelle séance de spiritisme. Mais ce soir-là, Andrea n'est pas venue. À la place, il y avait un autre esprit. Première lettre : S. Deuxième lettre : A. Troisième : T. C'était Satan. Là, j'ai tout de suite compris que ça allait mal se terminer. À la fin de l'histoire, le médium meurt, écrasé par un train. Bon. Après cette première histoire, j'ai eu faim. Je suis allé me faire un bol de muesli dans la cuisine, avec une pomme en quartiers et deux tartines de Nutella.

– On ne te nourrit pas, mon chéri ? a fait semblant de s'inquiéter maman.

La deuxième histoire ressemblait un peu à notre idée. C'étaient des gens qui avaient décidé de s'amuser en faisant tourner les tables. Ils ont obtenu un message : « Enfant mort priez. »

C'est à ce moment-là que j'ai entendu un craquement. Non, pas un craquement. Plutôt comme un petit coup dans le mur.

– Tu éteins la lumière, Serge ? a dit maman en passant dans le couloir.

J'ai regardé mon radioréveil. 21 h 21. C'est mon heure fétiche. Le soir, j'éteins à 21 h 21. J'ai attendu que les chiffres changent : 21 h 22. Alors, il y a eu trois petits coups dans le mur. J'ai entendu papa qui grommelait :

– Il ne va pas se mettre à bricoler maintenant, non ?

J'ai souri. Bien sûr, c'était le voisin. Un vrai maniaque du marteau. Mais comme j'avais passé mon heure fétiche, j'allais devoir attendre 22 h 22.

Dans la troisième histoire, il y avait des gens qui ne croyaient pas aux esprits. Ils voulaient prouver que les tables tournantes n'existent pas. Pendant la séance, le guéridon leur a échappé des mains. Il s'est mis à tout casser dans la maison, et il s'est cassé lui-même. Il y avait un savant qui n'arrêtait pas de répéter : « Il y a un truc, je suis sûr qu'il y a un truc. »

– Mais tu n'as pas encore éteint, Serge ? a dit maman en ouvrant ma porte. Tu liras demain. Allez... éteins.

Je me suis souvenu que j'avais une lampe de poche au fond de mon vieux coffre à jouets et quand maman a refermé la porte de sa chambre, je suis allé la chercher. J'ai pu continuer à lire en me faisant comme une petite cabane sous les draps. J'avais encore de la pomme à manger. Ça faisait un bruit épouvantable quand je croquais dedans. J'avais l'impression que j'étais dans un terrier au fond d'une forêt et qu'il n'y avait plus que moi sur terre. Je ne sais pas pourquoi j'ai eu envie de lire la dixième histoire.

Au bout d'une page, j'ai vu que l'esprit s'appelait Serge comme moi. Sergio en fait. C'est un jeune Italien mort à 15 ans et qui parle à sa grand-mère avec le verre à pied. La grand-mère est une ancienne médium très célèbre qui se montrait en public sous le nom de Madame Carla. Un soir, Sergio lui annonce qu'il va y avoir la guerre. On est en 1913. Puis, une autre fois, il lui dit de se méfier de son nouveau locataire parce que c'est un assassin. Juste à ce moment-là, on frappe à la porte de la grand-mère.

22 h 22 ! Mon autre heure fétiche. Vite, j'ai éteint ma lampe de poche. Je me suis aperçu que j'avais affreusement chaud sous les draps et qu'un marteau cognait dans ma tête. L'instant d'après, l'homme est entré :

– C'est vous, Sergio ? Je suis Hannibal von Pompon, le voisin du dessus. Je suis désolé pour le bruit d'hier soir, mais j'aime trop percer des trous.

Il a brandi sa perceuse en la faisant vrombir et s'est précipité sur moi. Brrzz, brrzz. C'était mon réveil. 7 h 07 : mon heure fétiche du matin. Il faut absolument que j'éteigne à 21 h 21, ce soir. 22 h 22, ça ne vaut rien comme heure fétiche.

Chapitre 3

Et l'assassin de l'amiral...

Finalement, on n'a pas fait l'histoire du nazi parce que Maxime la trouvait nulle, comme tout le reste. Donc, on repartait de zéro. J'ai dit aux copains, en prenant l'air de quelqu'un qui cherche ses idées :

– Je sais pas, moi, on pourrait choisir un esprit qui aurait notre âge et heu... qui

communiquerait avec sa famille. Par exemple, avec sa grand-mère. Elle serait toute seule, très pauvre.
Je les ai regardés, un peu timidement. Ils ne se moquaient toujours pas. Je leur ai parlé du locataire qui serait un assassin. Oui, d'accord, mon idée ressemblait à la dixième histoire. Quand on fait ça à l'école, ça s'appelle du copiage. Mais quand on est écrivain, c'est juste de l'inspiration. En tout cas, ça a plu à Frédéric et Alexandre.
– Faut voir, a dit Maxime.
Je n'avais pas lu la fin de la dixième histoire. J'ai essayé de deviner ce qui se passait. Par exemple, la grand-mère sait que son locataire est un assassin, mais elle n'a pas de preuves. Lui se souvient de l'avoir rencontrée quand elle était une médium célèbre et il se méfie. Pendant le cours de maths, j'ai écrit un dialogue :

« Vous pouvez lire dans le passé, alors ? lui dit-il.
– Je ne suis pas voyante, lui dit-elle.
– Mais est-ce que vous pourriez connaître mon passé ? lui dit-il.
Il s'approcha d'elle, menaçant. »
C'était drôle : je voyais la scène dans ma tête comme si j'étais au cinéma. Je voyais l'appartement sombre de la vieille dame, avec des photographies de son mari, de son petit-fils, des rubans noirs autour des cadres et des bouquets de fleurs séchées. Maxime m'a donné un coup de coude :
– Une copie !
– Hein ? Mais je copie pas ! Je m'inspire.
Max m'a regardé sous le nez :
– T'es nase ou quoi ? On a interro et j'ai pas de copie !
Ce que je me demandais, c'était comment la grand-mère se débarrasserait de l'assassin.

L'esprit de Sergio n'allait quand même pas sortir du guéridon pour mettre un uppercut au type, vlan ! dans les dents. De toute façon, je ne pourrais pas écrire des scènes d'action dans mon roman parce que sans les onomatopées, ça ne rend rien du tout. Et pour le contrôle de maths, je n'ai pas rendu grand-chose non plus.
Toute la journée, j'ai plané. En pensée, j'étais dans l'appartement de la grand-mère. J'entendais l'homme au-dessus, il marchait, il ouvrait à quelqu'un, il parlait à voix basse. Qu'est-ce qu'il complotait donc ? À un moment, j'ai même entendu un bruit de scie. On peut découper un homme avec une scie à métaux. Même un homme vivant. J'ai vu ça dans un film d'horreur que Maxime avait emprunté. Après, pendant toute une semaine, j'ai fait des cauchemars. C'est comme ça que j'ai découvert mon heure fétiche pour ne plus en faire.

– Bon, et pour le guéridon, m'a demandé Alexandre, tu as trouvé une idée ?

J'ai secoué la tête.

– C'est pas compliqué, a dit Maxime. Tu racontes à ta mère qu'on prépare une pièce de théâtre avec la prof de céfran.

Il a claqué les doigts sous le nez de Frédéric en commandant :

– Tête d'œuf, un nom d'auteur de théâtre ?

– Labiche, a répondu Frédéric.

– Voilà, a repris Maxime. On fait une pièce de Labiche, et pour la scène de la voyante extralucide il nous faut un guéridon.

Je l'ai regardé d'un air hébété :

– Tu crois que ma mère va gober un truc pareil ?

– Tu sais mentir ou pas ?

J'ai répondu, indigné :

– C'est peut-être toi qui vas m'apprendre !

– Et vous faites aussi du théâtre ? s'est exclamée maman au dîner. Mais elle est d'un dynamisme, cette prof ! Comment elle s'appelle, cette pièce de Labiche ?
– Heu... c'est...
J'ai fait semblant de m'étrangler avec une miette de pain. Cet imbécile de Maxime n'avait même pas pensé à ça !
– *Les...* hmm... *tables tournantes,* ai-je bafouillé.
Maman a regardé papa :
– Tu connais ça, toi, *Les tables tournantes* de Labiche ?
Papa a grimacé :
– Tu sais, moi, je ne fais même pas la différence entre Molière et Racine...
– Mais si, papa ! a dit mon frère. Racine, c'est celui qui a gagné le Tour de France et Molière, c'est le Tour d'Italie.
On a rigolé. Mon père ne lit que *L'Équipe.*

Comme tout le monde avait l'air de bonne humeur, je me suis lancé dans mon histoire de guéridon.

– Et alors, pour la scène de la voyante extralucide, il nous faut un guéridon, et alors, j'ai pensé qu'on en avait un, et, heu, on pourrait le prêter, hein, maman ?

Maman a tout de suite été d'accord. Elle n'a même pas eu l'air étonné. Mais j'ai vu Jérôme qui haussait les sourcils jusqu'au plafond.

Le soir, il est entré dans ma chambre et il m'a demandé :

– C'est bidon ton histoire de Labiche et de guéridon ?

Moi, j'ai un principe : c'est qu'il faut toujours dire la vérité à un frère aîné. Je lui ai tout raconté. Il était franchement épaté :

– Vous voulez faire du spiritisme ?

J'ai frimé :

– Ouais, comme ça, pour voir.

On a passé un genre de pacte : il allait m'aider à transporter le guéridon chez Frédéric, et moi, je lui raconterais toute la séance de table tournante.

– Jérôme, a dit maman en passant dans le couloir, laisse ton frère se coucher !

On a topé en silence, lui et moi, chacun un coup dans la paume de l'autre, et puis les deux poings qui trinquent, avec le pouce levé. C'est notre code.

Il valait mieux que mon frère m'aide, d'ailleurs. Le guéridon était encombrant, du style qui embroche les gens comme des poulets. On a eu droit à un tas de réflexions dans l'autobus. Frédéric nous attendait en bas de chez lui, place du Marché Sainte-Catherine.

Mon frère lui a demandé :

– Qu'est-ce que vont dire tes parents, quand ils verront le guéridon dans ta chambre ?
– Il n'y a que la femme de ménage qui rentre dans ma chambre.
Fred a poussé la porte de son appartement. Mon frère hésitait encore :
– Si tes parents sont là, ils vont peut-être poser des questions ?
– Mes parents ne sont jamais là, a répondu Frédéric d'une voix un peu fatiguée, et la femme de ménage n'est pas payée pour poser des questions.
Frédéric vit dans un appartement dix fois grand comme le mien, avec des tableaux de marquises et de chasses à courre plein les murs.
– L'appart' est à ma mère, nous a expliqué Fred, toujours de son ton fatigué. C'est une Bussy d'Argencières. Son grand-oncle, l'amiral Honoré Bussy d'Argencières, a

été assassiné, un soir de Noël, dans cette pièce.
– Ah ouais ? a fait mon frère en s'asseyant sur le guéridon pour paraître à l'aise.
– On a découvert son cadavre roulé dans un tapis, a repris Frédéric. Tout le monde sait que l'amiral a été tué par son demi-frère, Jules Bussy d'Argencières. Mais on n'a rien pu prouver.
– Tu as une drôle de famille, ai-je remarqué.
– Et le grand-oncle, a ricané mon frère, il ne vient pas te tirer par les pieds, la nuit ?
À ce moment-là, houp ! le guéridon a basculé sous le poids de Jérôme, et mon frère s'est retrouvé le derrière sur le tapis. J'ai éclaté de rire malgré moi, et Frédéric a dit :
– C'est l'esprit de mon grand-oncle qui se manifeste...
Je me fais souvent la réflexion que Fred est plus vieux que moi, mentalement.

– C'est peut-être parce qu'il a plein d'ancêtres, ai-je dit à Jérôme en rentrant à la maison. Il est né vieux !
– Pff ! on a autant d'ancêtres que lui, a grommelé mon frère, et à la Révolution, ils ont guillotiné les siens !

Le soir, j'ai repensé à l'amiral. Et si l'assassin d'Honoré Bussy d'Argencières, c'était le locataire de Madame Carla ?
– Vous ne devriez pas faire tourner les tables, Serge, c'est un jeu dangereux, me dit alors Madame Carla. Si vous allez quand même place du Marché Sainte-Catherine, samedi soir, n'oubliez pas votre perceuse ! Mon locataire apportera la sienne...
Brrzz, brrzz. 7 h 07 ! Sympa comme réveil. Ça commence à me prendre la tête, toutes ces histoires.

Chapitre 4

Esprits des morts !

– Apportez vos brouillons lundi, a dit Mme Fisher. Chaque groupe fera la lecture à toute la classe.

– Ouais ! ont crié les filles du registre SENTIMENTS.

Elles ont déjà écrit trois pages de leur roman.

– Mais Juliette a une écriture énorme ! a

critiqué Alexandre. Et puis, elles ont presque fini. Il sera tout riquiqui, leur roman.
– Tandis que le nôtre est tout à fait imposant, a remarqué Frédéric en agitant notre feuille blanche. On n'a même pas trouvé de titre.
J'ai proposé :
– *Le messager de l'au-delà.*
– Nul, a dit Maxime.
– *La grand-mère et l'assassin,* a dit Fred.
– Nul, a répété Maxime.
– *Les esprits vous parlent ?* a suggéré Alexandre.
– Nul, a laissé tomber Max.
On est restés un moment en silence à gribouiller sur nos cahiers.
– *Massacre à la perceuse,* a marmonné Maxime.
Et tous les trois, on a hurlé :
– NUL !

La prof a sursauté et s'est tournée vers nous :
– Où est-ce que vous vous croyez ? Vous voulez un moins ?
– J'ai pas crié, moi, a répondu Maxime en nous désignant.
Par moment, je le découperais bien en morceaux. Comme m'a dit Frédéric en me raccompagnant chez moi : « C'est impossible de travailler avec Max. On n'arrivera pas à écrire une ligne. »
Notre seul espoir d'écrire quelque chose, c'était la nuit du 22 au 23 chez Frédéric.

J'avais donné rendez-vous à Alexandre à 19 h devant Le Jardin d'Eurydice. C'est un salon de thé sous les arcades de la place des Vosges. En été, en plein jour, c'est très gai. En hiver, quand il fait nuit, ce n'est pas terrible. Le vent soulevait les papiers gras, les gens passaient à toute vitesse, emmitouflés dans leur manteau. Et, bien sûr, j'étais en avance. Tout en tapant du pied pour me réchauffer, je pensais à Alexandre. On n'était pas vraiment fâchés depuis l'histoire d'Hannibal. On est trop copains pour se fâcher. Mais on était gênés chaque fois qu'on se retrouvait ensemble. Alors, on se dépêchait de rejoindre les autres.

– Salut !

– Salut.

– Je suis en retard ? m'a demandé Alexandre.

– Non.

– On y va ?

– Oui.

Pas à l'aise, tous les deux. On a marché sous les arcades en silence.

– C'est qui, le type derrière ? a murmuré Alexandre. Non, ne te retourne pas. Il était sous une porte cochère quand je suis arrivé et il te regardait. Attends, on va prendre à droite pour voir s'il tourne aussi.

J'ai regardé discrètement par-dessus mon épaule. Le type nous collait toujours. À la lumière des lampadaires, on ne le voyait pas très bien. Il n'avait qu'un petit blouson. Plutôt grand, plutôt jeune, il se tenait voûté, la tête en avant.

– On va passer rue de Turenne, ai-je soufflé à Alex en le poussant pour qu'il se dépêche un peu.

Alexandre m'a répondu :

– À trois, on court. Un, deux, trois !

On a couru. Dans la rue de Turenne, il y avait plus de monde, mais on courait encore. Ça me faisait du bien d'entendre Alex qui riait et qui soufflait en même temps. Il m'a attrapé par le bras :

– Arrête, arrête ! J'ai un point de côté.

On s'est regardés. On a souri. Voilà. On était copains comme avant. On a parlé de Juliette, de Frédéric, de Maxime, pour en dire du mal. Un peu, pas trop, comme d'hab'.

Frédéric avait tout super bien préparé dans sa chambre. Pour notre dîner, il y avait du Coca-Cola, des Pepito, des Mars, du Crunch, des Treets, des fraises Haribo et du Milky Way. Il n'y a que le Milky Way que je n'aime pas. C'est trop sucré.

– J'ai bien dû prendre vingt kilos, a dit Maxime en rotant comme un dégoûtant.

– Maintenant, au travail ! a lancé Alexandre.

– Et le spiritisme qu'on devait faire ? a protesté Maxime.

– À minuit, a répondu Frédéric.

J'avais un peu mal au cœur et pas trop envie de travailler. Je me suis approché de la fenêtre pour sentir le froid de la nuit à travers le carreau. J'ai eu comme un choc en voyant le type en bas. C'était celui qui nous avait suivis. Il était allongé sur un banc, le visage éclairé par un lampadaire, un bras pendant. Je n'arrivais pas à deviner s'il avait les yeux ouverts ou fermés.

– Qu'est-ce que tu regardes ? m'a demandé Frédéric. Le drogué en bas ?

– Tu crois qu'il est...

– Bon, allez ! Serge, Frédéric ! nous a appelés Alexandre. On s'y met !

On s'est assis autour du guéridon. Maxime a levé les mains au ciel :

– Esprits des morts, inspirez-nous, amen.

Frédéric a haussé les épaules.

– On est là pour travailler. Pas pour déconner, a prévenu Alexandre.

Maxime s'est rejeté contre le dossier de sa chaise, les bras croisés, l'air mauvais.

– C’est pour moi que tu dis ça ? Si je vous dérange, je peux m’en aller.
– En effet, a répondu Frédéric en le regardant bien dans les yeux.
Mais ce n’est pas possible ! On ne va jamais y arriver !
– Allez, on écrit, ai-je dit avec presque des larmes dans la voix. Le plus difficile à trouver, c’est les premières phrases.
– Et le titre, a ajouté Frédéric.
J’ai pris le stylo. Mes mains tremblaient d’énervement.
– *Massacre à la perceuse,* a marmonné Maxime.
– On trouvera le titre à la fin, ai-je bredouillé. Tous... tous les écrivains font comme ça.
– Tu en connais beaucoup, des écrivains ? m’a demandé Maxime.
Alexandre a posé la main sur mon bras pour me calmer :

– Ne t'en occupe pas. Écris : *Madame Carla était contente d'avoir enfin trouvé un locataire. C'était un jeune homme très bien qui avait sûrement eu des malheurs dans sa vie, car il avait l'air triste.*

Je l'ai regardé, la bouche ouverte, le stylo levé. Il a rougi.

– J'y ai pensé, cette nuit. J'ai fait des phrases dans ma tête.

J'ai écrit une quinzaine de lignes sous sa dictée. C'était parfait.

– *Le jeune homme entra dans la pièce.* Voilà, je me suis arrêté là, a dit Alex.

J'ai souri. Il avait terminé là où j'avais commencé.

– J'ai la suite, dis-je.

J'ai écrit, tout en lisant à voix haute :

– *Vous voyez dans le passé, dit-il.*

– *Je ne suis pas voyante, dit-elle.*

– *Mais vous connaissez mon passé, dit-il.*

– « Dit-il, dit-elle, dit-il, dit-elle », me coupa Frédéric. C'est une histoire ou c'est une partie de ping-pong ?

J'ai jeté le stylo sur la table. À Alexandre, on ne reproche jamais rien. Moi, tout de suite, on me critique !

– Si on faisait un peu de spiritisme ? a proposé Maxime. On a déjà la moitié du roman. On finira après.

Frédéric s'est levé :

– Je vais chercher le bougeoir. Fermez les doubles rideaux, les gars !

Je me suis approché de la fenêtre. Le type était toujours sur le banc, mais couché sur le côté. Il m'a semblé qu'il y avait une grande tache sombre sur le trottoir. J'ai appelé Alexandre :

– Viens voir, est-ce que ce ne serait pas du...

Frédéric est revenu à ce moment-là en portant des bougies noires allumées. Il a crié :

– Mais, Serge, ferme les rideaux !

Il a tout installé en un temps record : le cercle de lettres sur le guéridon, le verre à pied au milieu, un bâtonnet d'encens pour l'ambiance. Il a éteint les lumières.

Ça nous est tombé dessus d'un coup. Le silence. On voyait nos grandes ombres sur le mur. Maxime a imité le bruit d'une porte qui s'ouvre en grinçant. J'ai frissonné : dans un coin de la chambre, je venais d'apercevoir quelque chose sur le sol que je n'avais pas encore remarqué. J'ai attrapé Frédéric par le bras :

– C'est quoi, ça ?

On aurait dit une forme enroulée dans du tissu. J'ai pensé : un corps dans un tapis. Mais je n'ai rien dit pour ne pas avoir l'air d'un imbécile.

– Vous venez vous asseoir ? a lancé Alexandre.

Frédéric s'est tout de suite installé, tendant le doigt vers le verre à pied. Le cadavre de son grand-oncle Honoré ne l'intéressait pas tellement.

– On se concentre, a dit Fred quand on a tous été assis.

On a obéi. Au bout de trois secondes, Alexandre a murmuré :

– J'ai des fourmis dans le bras.

– Moi, c'est dans les fesses, a répliqué Maxime.

Je me suis mis à rire, un peu bizarrement. Je repensais au type d'en bas. C'était bien du sang que j'avais vu sur le trottoir. Et dans le coin de la chambre, qu'est-ce qu'il y avait ?

Tout d'un coup, le verre a bougé.

– Maxime, tu l'as poussé ! a crié Frédéric.

– Moi ? Non !

– Je t'ai vu faire.

Je me suis remis à rire. On avait l'air idiot, tous les quatre, avec l'index pointé sur un verre. Le fou rire a commencé à gagner Alexandre.

– Esprit, es-tu là ? a demandé Maxime en prenant une voix chevrotante.

J'éprouvais comme un engourdissement du poignet jusqu'à l'épaule. J'ai pensé : « C'est le fluide. » J'ai eu envie que ça marche, j'ai eu envie que le verre bouge. Mon frère m'avait expliqué que le corps envoie des ondes, qu'on est une source d'énergie comme le soleil ou les chutes du Niagara. Et moi, je me sentais de plus en plus chaud, de plus en plus liquide. Mes pieds prenaient racine dans la moquette, des étoiles me traversaient la tête. Je n'écoutais plus les blagues des copains. Mais peut-être qu'ils se taisaient, eux aussi ? Dans la pénombre de la pièce, on entendit soudain un léger

glissement. Le verre se déplaçait. Il s'immobilisa sur la lettre H. Est-ce que j'étais dans mon histoire ? Est-ce que c'était pour de vrai ? Le verre s'était avancé vers le cercle de papier. Est-ce qu'on l'avait poussé ?
À côté de moi, une voix a demandé :
– Es-tu l'esprit d'Hannibal ? Oui, un coup. Non, deux coups.
Moi, je savais bien que ce n'était pas l'esprit d'Hannibal. C'était celui de l'amiral Honoré. D'ailleurs, dans le coin de la pièce, le tapis venait de bouger... À ce moment-là, on a entendu à la fois « toc-toc » et « dring ».
– Qui a fait dring ? a demandé Alexandre.
– Qui a fait toc-toc ? a demandé Frédéric.
Je crus qu'on venait de me secouer par l'épaule pour me réveiller.
– C'est moi qui ai frappé sous la table, a avoué Maxime.

Mais la sonnerie de la porte a de nouveau retenti.
– Il y a quelqu'un qui devait venir ? ai-je demandé à Frédéric en gardant un œil sur la « chose » dans le coin.
Il a regardé sa montre. Dix heures et demie. Il a secoué la tête.
– C'est le locataire de Madame Carla, a ricané Maxime.
Alexandre a demandé qu'on souffle les bougies et qu'on ne fasse plus de bruit.
– C'est idiot, a répondu Maxime. Si c'est des voleurs, ils vont forcer la porte en pensant qu'il n'y a personne.
– Bon, alors, on fait plein de bruit ? a suggéré Alexandre.
Dring, dring, dring. À la porte, ça s'énervait.
– Il y a un œilleton, a murmuré Frédéric. On peut voir qui est sur le palier.

Chapitre 5

Peur dans la nuit

Nous sommes allés jusqu'à l'entrée sur la pointe des pieds. Frédéric marchait devant en nous éclairant avec le bougeoir. Je butais dans tous les meubles. La sonnerie s'était arrêtée. Frédéric a regardé par l'œilleton, puis il s'est éloigné très vite en me faisant signe de regarder aussi. Il avait l'air effrayé. Je me suis approché et j'ai poussé un cri en reconnaissant le type d'en bas. Il était blanc, presque gris, avec du sang plein le visage. Un vrai mort vivant. Je ne l'ai vu qu'une seconde et la lumière de l'escalier s'est éteinte. Au même instant, quelque chose de lourd est allé cogner dans la porte. Je me suis tourné vers Frédéric :

– Il est tombé.

– Qui ? ont crié Alexandre et Maxime.

Pendant que je leur expliquais, je l'entendais tout contre la porte, j'entendais son souffle. Maxime a appuyé son oreille pour écouter.

– Il appelle à l'aide.

– Tu crois ?

On était là, à se regarder, à la lumière tremblotante des bougies et je crois que mon cœur tremblait bien plus.

– On ouvre ? a murmuré Maxime.

– T'es fou ! s'est écrié Alex. C'est peut-être une ruse pour nous faire sortir.
– T'es nase, a dit Maxime. C'est un type qui est en train de mourir. Il est venu chercher du secours ici, parce que c'est au premier. C'est tout.
J'ai pensé que j'allais appeler maman au téléphone pour lui demander de l'aide. Puis j'y ai renoncé. Maman me croyait chez Alexandre, pas chez Frédéric...
– Mais alors, qu'est-ce qu'on fait ? a gémi Alexandre.
– D'abord, on rallume les lumières, a ordonné Maxime en soufflant sur les bougies. Et puis on appelle le Samu.
– Pas la police, plutôt ? a demandé Frédéric.
– Ou les pompiers ? a ajouté Alex.
– C'est ça ! Et le Père Noël, a répliqué Maxime.
Le téléphone se trouvait dans le bureau

du père de Frédéric. C'est Maxime qui a décroché et a fait le 15.

– Allô ? Oui, bonjour... Bonsoir. C'est pour une urgence. Oui, d'accord.

Il a levé les yeux au plafond et il nous a expliqué :

– Il faut attendre pour les urgences. Comme ça, tu as le temps de mourir. Heu... oui, oui, je suis là... 17, place du Marché Sainte-Catherine. Monsieur Maillard. Oui, avec un D.

Il a dû donner le numéro de téléphone, l'étage, les raisons de son appel. Puis il a raccroché.

– Ils arrivent... Mais s'ils finissent leur belote, le type sera mort avant.

On est retournés dans l'entrée et on a entendu un grattement contre la porte. J'ai repensé au film d'horreur que Maxime avait emprunté. Il y avait un genre de loup-garou qui griffait le bois des portes quand il voulait entrer pour tuer les gens. Il bavait le sang en hurlant à la lune. On ne lui voyait que le blanc des yeux. Dégoûtant.

– Il essaie de se redresser, a dit Frédéric.

Tout à coup, Maxime s'est jeté sur la porte, il a tourné les deux verrous, il a ouvert. On n'a pas eu le temps de le retenir. Il était déjà à genoux. Il a dit au type :

– Le Samu arrive. Dans quelques minutes.

Il m'a regardé :

– Mais aide-moi ! Il veut se redresser un peu.

On l'a assis contre le mur en le maintenant entre nous deux.

– Tu n'as pas une couverture ? a demandé Max à Frédéric. Il est tout froid.

Frédéric a couru chercher sa couette et il l'a posée sur le... Ce n'était pas vraiment un « type ». C'était un jeune homme, un peu plus vieux que mon frère Jérôme. Tout maigre. On avait peur de le casser en le soutenant. Il s'était blessé au visage en tombant. C'était pour ça qu'il avait du sang partout. Et, moi aussi, j'en avais sur les mains.

La porte de l'immeuble a claqué en bas. On s'est souri, Maxime et moi. Le Samu !

Le docteur a eu l'air assez étonné en nous voyant.

– Qu'est-ce que c'est, tous ces gosses ? Où sont vos parents ?

Mais il n'a pas écouté notre réponse. Il s'est penché sur le jeune homme. Il a marmonné :

– Eh bien, t'es pas frais, toi.

Il s'est tourné vers les ambulanciers qui arrivaient derrière lui :

– Le brancard !

Comme notre blessé repartait, porté par les brancardiers, le médecin s'est rappelé qu'on existait.

– Qui est-ce qui a appelé ?
Tous les trois, on a montré Maxime du doigt :
– C'est lui !
Le médecin a hoché la tête comme pour dire que c'était bien et il a dévalé les escaliers.

Quand on est retournés dans la chambre de Frédéric, son radioréveil indiquait minuit. On a rallumé les lampes. On n'avait plus du tout envie de faire du spiritisme. Dans le coin de la chambre, il y avait tous nos sacs en tas avec nos blousons par-dessus. Tu parles d'un cadavre !
– Tu as sommeil, toi ? m'a demandé Alexandre.
J'ai aperçu une feuille par terre et je me suis baissé. C'était notre roman. J'ai relu ce qu'on avait écrit et ça m'a paru complètement inintéressant.
– On le termine ? a proposé Alex.

On a décidé qu'on passerait une nuit blanche. Mon frère Jérôme a réussi une fois à tenir jusqu'à cinq heures du matin en faisant un jeu de rôle avec des copains. Frédéric est allé à la cuisine nous préparer du café. C'était la première fois que j'en buvais, du noir sans lait. Excellent.

– Où on en était ? a demandé Frédéric en reprenant notre roman. Ah oui ! *« Dit-il, dit-elle ».*

Pendant quelques minutes, ils ont essayé de trouver des phrases, des idées. Ils parlaient d'une scie à métaux, d'une malle sanglante, d'un vampire qui aurait la rage.

– Et si on racontait ce qui vient de nous arriver ?

Ils m'ont dévisagé.

– Zy va, a dit Maxime. *Peur dans la nuit...* C'est le titre. *Nous avions décidé de faire du spiritisme pour rigoler.*

Chacun a dicté à tour de rôle : le dîner avec toutes les sucreries, le verre que Maxime faisait bouger, la sonnerie à la porte, le drogué, le Samu... Moi, j'écrivais sans relever la tête. Au bout de trois pages, j'ai lâché le stylo et secoué la main.

– Hou, la crampe !

Maxime a bâillé. Fred s'est étiré. Quatre heures du matin !

– Je ne tiendrai pas toute la nuit, dis-je à regret. On se couche ?

On a mis par terre des couvertures et des coussins.

– On ne ferme pas complètement la lumière, a dit Alexandre.

Frédéric a baissé la lumière de sa lampe halogène. J'avais mal au ventre, mal au cœur, mal à la tête.

– Tu as peur du noir ? a demandé Maxime à Alexandre.

– Ce soir, j'ai peur de tout ! a répondu mon copain.
On a ri. J'étais allongé, j'avais froid, j'avais chaud.
– Moi, ce qui me fait peur, a dit Maxime, c'est la drogue.
J'ai revu en pensée le jeune homme tout au bord de la mort. Est-ce qu'il nous avait vraiment suivis ? Savait-il à quel étage nous étions ? Pourquoi nous avait-il demandé de l'aide, à nous ?
– Ce n'est pas la drogue qui fait peur, a rectifié Frédéric, c'est les drogués.
– Non, s'est entêté Maxime. Moi, j'ai peur de la drogue. Si un jour, j'en prenais...
J'ai pensé : les vampires, les morts vivants, c'est bidon, comme les ogres ou les sorcières. Les vraies peurs, on n'en parle pas.
– Moi, j'ai peur des bombes, a dit Frédéric. Un fou, une poubelle, tu passes, et baoum !

– Pas d'onomatopées, monsieur Maillard ! a fait Maxime en imitant la voix de notre prof de français.

On a ri. J'ai remonté la couverture sur mes épaules. Ça allait un peu mieux.

– Moi, j'ai surtout peur que mon père ne retrouve jamais de travail, a dit Alexandre.

Je me suis soulevé sur un bras et j'ai regardé mon copain couché à côté de moi.

– Ton père est au chômage ?

– Oui... J'aime pas en parler.

Je n'en revenais pas. Mon meilleur copain ! Il ne me dit rien.

– Je croyais que si je n'en parlais pas, ça s'arrangerait, m'a-t-il expliqué. Si tu ne penses pas à quelque chose, à la fin, ça n'existe plus.

J'ai souri sans répondre. C'est comme mon heure fétiche. De la magie pour changer la vie.

– Et toi ? m'a demandé Alexandre. Tu as peur de quelque chose ?
Je ne m'étais jamais posé cette question.
Les mots ne me sont pas venus facilement.
– Moi, j'ai peur... Je me dis qu'un jour je ne serai plus comme maintenant. Je serai comme un étranger. Dans la rue, vous ne me reconnaîtrez plus. On sera différents. Oui, c'est ça. On ne sera plus tous les quatre comme maintenant, comme ce soir.
Les yeux me piquaient.
– Tu as peur de grandir, a laissé tomber Frédéric.
Maxime a eu un sifflement d'admiration :
– Quel penseur, ce mec !
Alexandre s'est redressé à son tour pour me regarder. Il m'a fait un clin d'œil et, sans que les autres entendent, il a chuchoté :
– Moi, je te reconnaîtrai. Même quand on sera deux vieux pépés.

Deux larmes ont glissé le long de mes tempes, une de chaque côté.
– Bonne nuit, Alex !
– Bonjour, tu veux dire.
Six heures. Gagné ! On l'avait eue, notre nuit blanche...

J'aurais bien voulu être au collège, le lundi matin, pour lire notre roman à toute la classe. Mais le dimanche, en fin d'après-midi, j'étais tellement malade que maman a dû appeler un médecin.
– Une indigestion carabinée, a dit le docteur en prenant un air de connaisseur.

Le lundi soir, Alexandre m'a appelé. J'ai demandé :
– Alors, ça s'est bien passé ? Qui est-ce qui a lu le roman ?
– C'est Fred. Avant, ce sont les filles du

registre SENTIMENTS qui sont passées. Nul, le roman. Une histoire d'amour entre une fille de sixième et un garçon de troisième ! Tout le monde se marrait.

– Oui, mais nous... Qu'est-ce que la prof a dit ?

Alexandre faisait exprès de me laisser mijoter.

– Fred a très bien mis le ton. Tu aurais vu la tête de Juliette ! Verte de jalousie. Tous les copains ont trouvé que c'était génial.

– Oui, mais la prof ! ai-je supplié. Qu'est-ce qu'elle a dit ?

– Elle a dit : « L'expression est parfois relâchée, mais vous avez bien utilisé l'ingrédient SUSPENSE. Pour un peu, on y aurait cru. »

Quand j'ai raccroché, je me suis senti guéri. J'ai crié :

– Maman, maman !

Elle est arrivée en courant, l'air inquiet.

– Maman, notre roman... On a eu un plus !

Si tu souhaites
découvrir un autre auteur,
voici les premières pages de

Un tueur
à ma porte

un roman d'Irina Drozd

– Tu feras très attention, n'est-ce pas ? Et surtout tu n'enlèveras pas tes lunettes ? Le docteur t'a bien dit ce que tu risques si...

Daniel soupira d'un air agacé.

– Je sais, maman, je sais ! coupa-t-il d'un ton brusque.

Mais il se rendit compte que sa mère était

vraiment inquiète à son sujet et il lui sourit gentiment.
– Ne t'inquiète pas, je ferai gaffe, promit-il d'une voix radoucie. C'est... Je me sens un peu nul, tu comprends ? Des lunettes de soleil en plein hiver...
Marielle sourit à son tour :
– Je sais, Daniel, mais c'est seulement pour quelques jours.
Il haussa les épaules :
– Tu as raison. Remarque, ça aurait pu être pire. J'aurais pu me faire ça dès le premier jour des vacances.
– Je t'ai déjà dit que ce que j'aime en toi, c'est ton optimisme ?
Daniel éclata de rire :
– Un million de fois au moins ! Et toi ? Dis-moi plutôt...
Marielle commença à débarrasser la table du petit déjeuner et regarda la pendule de la cuisine d'un air significatif.

– Je ne suis pas encore en retard, fit Daniel, qui avait suivi son regard. Alors, et cette dernière répétition ?
– J'ai le trac, avoua Marielle.
– C'est très bon signe, déclara son fils d'un ton sentencieux.
– J'espère. File, maintenant, sinon tu vas vraiment être en retard.
Daniel se dépêcha d'avaler une dernière cuillerée de cornflakes et se leva.
– Tu seras géniale, j'en suis sûr ! dit-il en l'embrassant. Tu sais, je suis drôlement fier de toi, tous les copains sont jaloux !
Il sortit en courant. Marielle lui fit un petit signe du balcon, puis elle se prépara. La dernière répétition commençait plus tôt que d'habitude.

La situation était intenable. L'homme savait que, s'il n'agissait pas dès ce soir, tout serait découvert. Or il n'avait pas du tout l'intention de terminer ses jours en prison. Il avait amassé un magot confortable – très confortable – et il voulait en profiter le plus longtemps possible. Il avait tout prévu, sa fuite, son refuge... Personne ne pourrait jamais rien prouver contre lui.

Personne, mis à part ce crétin de Franval, qui avait eu la mauvaise idée de s'intéresser à certaines transactions. Jamais il n'aurait dû s'en occuper. Sa seule tâche, c'était de remettre en route ce fichu ordinateur qui avait eu la mauvaise idée de tomber en panne. Avec LA disquette coincée dedans. Machinalement, Franval avait regardé l'écran, une fois l'ordinateur réparé, pour vérifier si tout allait bien et si rien ne s'était effacé. Certains chiffres l'avaient étonné.

L'homme se racla nerveusement la gorge, produisant ce son très particulier, rauque puis

suraigu, qui amusait souvent ses collègues. Malgré tous ses efforts, il n'avait jamais réussi à se débarrasser de ce tic qui trahissait sa tension intérieure.
Franval n'avait pas eu l'air convaincu par ses explications. L'homme se doutait qu'il finirait par parler, demander conseil à quelqu'un. Ou pire, comprendre et aller voir le grand patron. Alors, tout serait découvert et il serait arrêté. Tous ces longs mois de préparation pour couvrir sa fuite n'auraient servi à rien.
L'homme se racla à nouveau la gorge. Sa décision était prise. Franval devait disparaître.

Comme Daniel l'avait prévu, ses copains se moquèrent de lui en le voyant arborer de splendides lunettes de soleil par un temps grisâtre, et les garder en classe. Il dut répéter

vingt fois, sinon plus, qu'il s'était brûlé les yeux au ski, le dernier jour. Il s'était rendu compte en haut des pistes qu'il avait oublié ses lunettes et il n'avait pas voulu renoncer à une seule minute de ski. La fragilité de ses yeux gris clair et la réverbération de la neige avaient eu raison de son obstination.
Il s'était retrouvé au poste de secours à la fin de la journée. Ses yeux le brûlaient comme des châtaignes plongées dans un feu de cheminée. Le médecin de garde l'avait soulagé avec des compresses humides posées sur ses paupières gonflées et lui avait prescrit un collyre. Il lui avait ensuite passé un savon, le traitant d'inconscient et de petit imbécile. D'après lui, Daniel avait eu de la chance de ne pas s'être rendu définitivement aveugle. Il lui avait fait jurer de ne pas quitter ses lunettes de soleil pendant quelques jours.

– Remarque, ça fait chic, dit Aurélia. Maintenant que ta mère va être célèbre, il te faudra bien ça pour passer incognito.

Daniel eut un petit rire :

– Je les lui donnerai dès que je serai guéri. C'est elle qui devra passer incognito, pas moi... Tu confonds.

En fait, il en avait rougi de plaisir. Jusqu'ici, sa mère n'avait tourné que des spots de pub pour des machines à laver ou d'autres produits tout aussi excitants. Elle avait aussi décroché quelques petits rôles dans des films ou des pièces de théâtre à maigre budget. Et, un jour, au cours d'un casting, un metteur en scène l'avait choisie pour un premier rôle. Ce soir, c'était la première de la pièce, devant le Tout-Paris des critiques et des célébrités.

– C'est des blagues, ce qu'il raconte ton toubib, dit brusquement Julien. On peut pas

devenir aveugle tout d'un coup à cause de la lumière.
Julien avait été le meilleur ami de Daniel pendant toute la sixième et jusqu'aux premiers jours de la rentrée. Et puis, il y avait eu Aurélia, une nouvelle. Une vraie rousse aux yeux verts dont tous les garçons de la classe étaient tombés amoureux.
Sans rien faire, Daniel avait conquis Aurélia. La plupart des garçons s'étaient consolés avec le foot, le cinéma, les jeux vidéo et d'autres petites copines. Mais Julien n'avait pas pardonné. Il s'était estimé trahi et il ratait rarement une occasion de rabaisser Daniel aux yeux de leurs copains.
– Je sais pas si c'est des blagues, mais j'ai eu drôlement la trouille. Et j'ai eu vraiment mal. Même les monos n'ont pas osé m'engueuler.
Aurélia hocha la tête. Elle aussi était une habituée des colonies de vacances.

– Ça devait être vraiment grave. Et tu as encore mal ?

– Pauvre chouchou ! ricana Julien.

Daniel retint le juron qui lui venait aux lèvres. Il avait tout tenté pour regagner l'amitié de Julien. Sauf lui laisser Aurélia, bien sûr ; d'ailleurs, elle n'aurait pas été d'accord. Mais après chaque tentative de réconciliation, Julien était encore plus agressif et injuste.

Daniel n'avait même pas envie de lui répondre. De toute façon, la sonnerie de fin de récréation venait de retentir. Il fallait retourner en classe.

Christian Franval était troublé, ce qui lui arrivait rarement. Son travail, c'était d'installer un système informatique et de veiller à son bon fonctionnement. Les investissements financiers et la Bourse ne le concernaient

guère. Mais pour élaborer le programme commandé par le grand patron, il avait bien dû se plonger dans tous ces chiffres.
Franval, on le surnommait le Sorcier. Ses collègues disaient qu'il lui suffisait de regarder un ordinateur en panne pour qu'il se remette en marche. Aussi l'appelait-on dans les cas les plus dramatiques, quand les réparateurs normaux avaient abandonné la partie.
La veille encore, Franval avait réussi un exploit. L'écran s'était allumé... Toutes ces colonnes de chiffres lui avaient paru bizarres.
Il avait réfléchi. Il se trompait peut-être. Avant d'accuser, il voulait être sûr. Si son hypothèse se révélait exacte, la somme détournée était énorme... Franval se donna encore la fin de la journée et la nuit pour réfléchir.

– C’est parfait ! Si ce soir, tu es aussi géniale que ça, ma chérie, je te prédis un « Molière » ! s’exclama Jacques Martial.
Marielle rougit de plaisir. D’habitude, le metteur en scène était avare de compliments. Puis elle eut encore plus peur et se dit qu’elle ne survivrait pas à la première.

Plus qu’une heure de cours. Daniel se sentait fatigué. Ses yeux le piquaient terriblement et il avait hâte d’être chez lui, au calme. Il était aussi impatient de savoir comment s’était passée la dernière répétition de sa mère et de lui prodiguer d’ultimes encouragements.
– Ça va ? demanda Aurélia d’un ton inquiet.
Daniel la rassura :
– Super ! Et puis, Larcher a promis de nous passer un bout de film. On sera dans le noir, ça me fera du bien.

Larcher était un professeur d'histoire passionné de cinéma. Dès qu'il pouvait illustrer un cours par un extrait de film, il monopolisait le magnétoscope, au grand plaisir de ses élèves.
– Vous allez donc assister à la course de *Ben Hur*, annonça-t-il.
L'écran de la télévision s'alluma.
– Quand j'irai mieux, tu viendras voir *Last Action Hero* ? demanda Daniel en ôtant ses lunettes dans la pénombre. Il repasse en ce moment.
Il avait adoré ce film. Il y avait déjà traîné sa mère et la plupart de ses amis, sauf Aurélia qui n'aimait pas Schwarzenegger.
– Bon, d'accord, souffla Aurélia. Mais c'est...
– La ferme ! fit la voix agacée de Julien, juste derrière eux.
Il était en colère contre Daniel qui venait

encore de lui voler la vedette. Déjà ce matin, quand tout le monde parlait de ses cadeaux de Noël, Daniel, était arrivé avec ses lunettes de soleil et sa minable conjonctivite. Du coup, Julien n'avait pas pu montrer l'appareil photo qu'il avait reçu et dont il était particulièrement fier. Et voilà qu'il avait fini par convaincre Aurélia d'aller voir ce fichu film ! C'était beaucoup pour une seule journée.

Julien eut soudain une excellente idée. Il extirpa son appareil photo de son cartable. Il y avait un flash incorporé.

– Daniel ? fit Julien.

Daniel se retourna. Julien appuya sur le déclic, et le flash brilla dans l'obscurité.

Dans la même collection

Copie double
de Marie Desplechin

Samia la rebelle
de Paula Jacques

Un tueur à ma porte
d'Irina Drodz

La peur de ma vie
de Marie-Aude Murail

Ce n'est pas de ton âge
de Brigitte Smadja

Moi, le zoulou
de Marie-Aude Murail

JEUX VIDÉO : ZELDA CONTRE TOMB RAIDER
BAYARD PRESSE JEUNE
JE BOUQU
FÉVRIER 1999 N°180
10-15 ans
UN ROMAN DE GÉRARD MONCOMBLE
LE SECRET DERRIÈRE LA PORTE
Une porte
her une autre !
DOSSIER LITTÉRAIRE
Le roman de la momie
Théophile Gautier

Achevé d'imprimer en France
par l'imprimerie Hérissey
à Évreux (Eure)
N° d'éditeur : 6067
N° d'imprimeur : 86342
Dépôt légal : février 2000